SUPERABUELO

David M. Schwartz
ilustraciones de **Bert Dodson**
traducido por el **Dr. Martín Luis Guzmán**

TORTUGA PRESS
Santa Rosa, California

Suecia, 1951

Para mi supermamá y mi superpapá

D.M.S.

Para Gwyneth y Archer

B.D.

Inquiries should be addressed to Tortuga Press, PMB: 181 2777 Yulupa Ave. Santa Rosa, CA 95405 U.S.A.
Tel. (707) 544-4720. www.tortugapress.com
Reservados todos los derechos. Printed in China, 4/18

Library of Congress Cataloging-in-Publication Data
Schwartz, David M. Superabuelo / David M. Schwartz; ilustraciones de Bert Dodson; traducido por Martín Luis Guzmán. p. cm.
SUMMARY: A sixty-six-year-old grandfather, barred from entering the 1,000-mile Tour of Sweden because of his age, unofficially joins
the bicycle race and, to the delight of his countrymen, emerges victorious.

ISBN 1-889910-37-6 (hc). ISBN 1-889910-38-4 (pb)
[1. Grandfathers—Fiction. 2. Bicycle racing—Fiction. 3. Sweden—Fiction.]
1. Dodson. Bert. ill. II. Title III. Title: Superabuelo. Spanish language materials. PZ73.S4073 2005 [E]– dc22
Library of Congress Control Number: 2005903430
1st Spanish ed.   3 4 5 6 7 8 9

Gustaf Håkansson tenía 66 años. Su pelo era blanco como la nieve. Su barba parecía un nevado matorral. Cuando sonreía, su cara se rizaba con mil arrugas. Gustaf Håkansson se veía como un hombre viejo. Pero no se sentía viejo, y desde luego que no se portaba como un viejo.

Todo el mundo kilómetros a la redonda conocía a Gustaf.
La gente lo veía montado en su bicicleta, bajo la lluvia o el
sol, recorriendo las retorcidas calles de Grantofta, por la
panadería, la carnicería y por el taller de juguetes de madera.
Todas las mañanas, pedaleaba sobre el puente de piedra a
la salida del pueblo, subiendo las cuestas de las colinas
salpicadas de granjas dispersas, bajando las estrechas
veredas bordeadas de piedras, para después, verlo volver
a casa a leer el periódico de la mañana y beberse un
tazón de leche agria con frutillas salvajes.

Una mañana, Gustaf leyó algo muy interesante en el periódico. Iba llevarse a cabo una carrera de bicicletas conocida como la Vuelta a Suecia. Sería de más de mil setecientos kilómetros y duraría muchos días.

—¡Esta Vuelta a Suecia la hicieron para mí!— exclamó Gustaf.

—Pero tú eres muy viejo para andar en carreras de bicicletas— le dijo su esposa.

—Te vas a ir de boca— dijo su hijo. —Y ese será tu fin.

Hasta sus nietos se rieron de tamaña idea. —No puedes andar en bicicleta mil setecientos kilómetros, abuelo— se burlaron.

—¡*Struntprat*!— replicó Gustaf. —¡Tonterías!— Y se montó en su bicicleta para ir a ver a los jueces de la carrera. Les iba a contar su plan de participar en la Vuelta a Suecia.

—Pero es una carrera para gente joven— dijo el primer juez.

—Tú ya estás muy viejo, Gustaf. Nunca podrás llegar a la meta— le dijo el segundo juez.

—Sólo podemos admitir a aquellos que están fuertes y en forma— dijo el tercer juez.

—¿Qué pasaría si te desplomas a la mitad de la carrera?

—¡*Struntprat*!— protestó Gustaf. —¡No tengo la menor intención de desplomarme, porque estoy fuerte y en plena forma!

Pero los jueces no se conmovieron. —Lo sentimos, Gustaf— masculló uno de ellos. —Vete a casa. Vete a casa a tu mecedora.

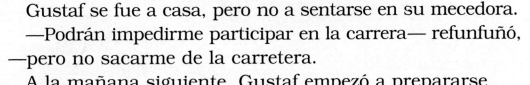

Gustaf se fue a casa, pero no a sentarse en su mecedora.

—Podrán impedirme participar en la carrera— refunfuñó,
—pero no sacarme de la carretera.

A la mañana siguiente, Gustaf empezó a prepararse
para la larga carrera que le esperaba. Se levantaba con
el sol, empacaba un poco de fruta y pan de centeno y
pedaleaba muy lejos del pueblo, sobre ondulantes colinas
punteadas con antiguos castillos, a través de valles con
lagos y oscuros bosques de abedules y pinos. Ya bien
entrada la tarde regresaba a casa. Al día siguiente volvía
a andar en bicicleta aún más lejos. Cada día añadía más
kilómetros a su recorrido.

Unos días antes de la carrera, todos los jóvenes ciclistas abordaron el tren especial a Haparanda, una pequeña población situada en el extremo norte de Suecia. Pero como Gustaf no era un corredor oficial, no tenía boleto para el tren.

Sólo había una forma para que él participara en la Vuelta a Suecia. ¡Tendría que recorrer en bicicleta mil kilómetros hasta la línea de salida!

Le llevó varios días llegar. Llegó justo cuando iba a empezar la Vuelta a Suecia.

Todos los corredores lucían un número, pero por
supuesto Gustaf no tenía uno para él. Entonces buscó
un pedazo de tela roja brillante e hizo su propio número.

¿Qué número debería ser? Tuvo una idea. ¡Como se
suponía que él no podía participar en la carrera, entonces
sería el número cero!

Sonriendo para sí mismo, recortó un gran cero en rojo
y lo prendió a su chaleco. Luego condujo su bicicleta a
la línea de salida.

El disparo de salida estalló y todos los jóvenes ciclistas
partieron en estampida. Sus piernas bombearon frenética-
mente, y sus bicicletas respingaron hacia adelante. Pronto
dejaron a Gustaf atrás.

Esa noche, los corredores se quedaron en un hostal.
Ahí les ofrecieron cama y comida.

Horas después, Gustaf también llegó al hostal. Pero
como para él no había cama ni comida, tuvo que seguir
pedaleando. Mientras los demás roncaron de lo lindo
toda la noche, Gustaf continuó su recorrido hasta
el amanecer.

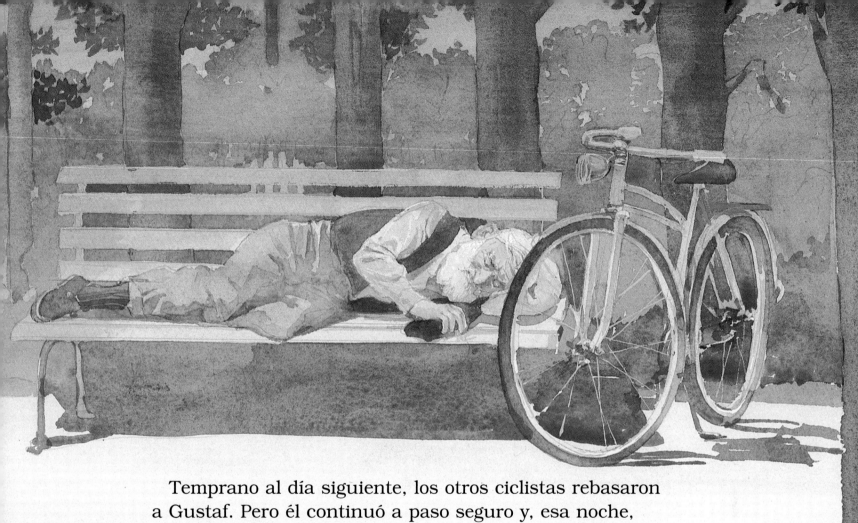

Temprano al día siguiente, los otros ciclistas rebasaron
a Gustaf. Pero él continuó a paso seguro y, esa noche,
ya tarde, una vez más alcanzó a los jóvenes corredores
mientras dormían. A medianoche, descansó tres horas
en la banca de un parque.

Para la tercera mañana, Gustaf fue el primero en llegar al pueblito de Luleå. Una pequeña multitud de gente esperaba, intentando ver, aunque fuera fugazmente, el paso veloz de los corredores. Pero al que vieron fue a Gustaf. Su barba blanca como la nieve flotaba en la brisa, sus rojas mejillas se inflaban por el esfuerzo.

—¡Miren!— exclamó una niña, —¡miren! ¡Ahí viene el Superabuelo!

—¿Superabuelo?— Todos arquearon el cuello para verlo.

—¡Sí, sí, claro que parece un Superabuelo!

Algunos aplaudieron. Otros le gritaron saludos afectuosos. Varios de los niños extendieron las manos y Gustaf alcanzó a rozarles los dedos mientras pasaba a toda velocidad.

—¡Que tengas mucha suerte, Superabuelo!

Un fotógrafo captó el paso de Gustaf. Al día siguiente, su foto apareció en el periódico. El titular decía:

SUPERABUELO DEDICADO A CORRER.

Así, toda Suecia se enteró del Superabuelo Gustaf Håkansson. Cuando tenía hambre o sed, la gente le regalaba leche agria con frutillas, té y pastel, jugo de frutas, pan de centeno o cualquier otro antojo.

Los reporteros de la prensa se arremolinaban para entrevistarlo. Los locutores de radio difundían cada una de sus palabras. Todo mundo quería saber cómo se sentía el Superabuelo.

—Nunca en mi vida me he sentido mejor— les contestaba.

—¿Pero, no está cansado?— le preguntaban.

—¿Cómo puedo cansarme cuando me rodea tanta bondad?

Y con un golpe al pedal y un saludo con la mano, de nuevo Gustaf continuaba su recorrido.

Otra vez, Gustaf corrió toda la noche y rebasó a los otros corredores mientras descansaban. Cuando sentía tensos los músculos, recordaba los vítores de sus admiradores, y pedaleaba con más fuerza. Así prosiguió, día y noche. A la luz de la luna, Gustaf pasaba a los jóvenes corredores que dormían en sus camas.

Luego, él dormía a la intemperie, pero sólo por unas horas. Con los rayos alargados del sol de la mañana, ellos lo volvían a sobrepasar y lo dejaban luchando para mantener el paso y el espíritu en alto. Pero cada día tardaban un poco más en alcanzar a Gustaf.

La sexta mañana de la carrera, miles de personas se alinearon al borde del camino. Al paso de Gustaf, los alegres vítores lo acompañaban como si fueran una ola sobre la multitud. Él pedaleaba más rápido.

—¡Ya casi llegas, Superabuelo! ¡Sólo faltan unos kilómetros más!

—No veas para atrás. ¡Tú vas a ganar!

¿Ganar?

Gustaf nunca había pensado en ganar, sencillamente lo que él quería era participar en la Vuelta a Suecia y alcanzar la meta. ¿Pero, ganar?

—Vas a la cabeza, Superabuelo.

—¡Sólo unos kilómetros más, y tú serás el campeón!

¿El campeón? Gustaf vió hacia atrás. La jauría de
corredores se lanzó a través del último puente. Sus
cabezas y sus hombros se encorvaban sobre los manubrios.
Sus espaldas se arqueaban por lo alto de sus asientos.

Gustaf decidió no pensar en ellos. Por el contrario,
pensó en sus muchos admiradores. Pensó cuánto deseaban
que él ganara. ¡Y, de repente, él también quiso ganar!

Gustaf puso la mirada al frente. A la distancia podía ver un brillante listón azul extendido a lo ancho de la carretera. ¡Era la meta!

Gustaf encorvó la cabeza. Arqueó la espalda. Batió las piernas con toda su fuerza y capacidad.

Cuando nuevamente levantó la vista, ya rompía el listón y atravesaba la meta, justo antes que, como rayo, pasara otro corredor.

La multitud rugió. La gente levantó en hombros a Gustaf. Lo bañaron en flores. Cantaron canciones de victoria. La banda de la policía tocó marchas patrióticas.

Pero los festejos no dejaron nada contentos a los tres jueces. Estaban furiosos. Dijeron que Gustaf no podía ser el ganador porque en realidad nunca había formado parte de la carrera. Además, era contra las reglas correr por la noche. No, el gran trofeo dorado sería para el siguiente corredor, no para Gustaf.

Pero a nadie pareció importarle lo que dijeron los jueces. Hasta el Rey salió a abrazar a Gustaf y a invitarlo al palacio. Y para casi todo mundo en Suecia, el ganador era Gustaf Håkansson, de 66 años, con su pelo blanco como la nieve, su barba como matorral nevado y su sonriente cara como un óvalo de arrugas. Para ellos, el ganador de la Vuelta a Suecia fue el hombre a quien conocían como el Superabuelo.

NOTA DEL AUTOR

En realidad, sí existió un Gustaf Håkansson de 66 años quien, en 1951, desafió a los jueces y corrió 1,761 kilómetros (1,094 millas) en la *Sverige-Loppet* o Vuelta a Suecia. Fue la carrera de bicicletas más larga en la historia de Suecia. Una pequeña que advirtió al viejo hombre en su bicicleta, lo premió con el nombre, inmediatamente adoptado por el resto del país, de *Stålfarfar*. Literalmente significa Abuelo de acero, pero como los niños suecos llaman a "Supermán" *Stålman*, puede traducirse libremente *Stålfarfar* como "Superabuelo".

Pedaleando día y noche, de hecho Gustaf terminó en primer lugar. En la realidad, él corrió su propia carrera, ya que empezó varios días antes que los otros corredores y terminó un día antes del siguiente competidor. En este relato, cambié algunos hechos y acentué el drama para crear un cuento al estilo de "la liebre y la tortuga", con un final lleno de suspenso. Aunque en 1951, un hombre mayor de sesentaiséis años al participar en una carrera de más de 1,000 millas constituyó un drama más que suficiente. La hazaña de Gustaf capturó la imaginación y la adoración de sus paisanos, incluyendo al Rey, y lo convirtió en un héroe nacional.

Después de la carrera, sus admiradores le escribían al Superabuelo de toda Suecia. Como no sabían ni su dirección ni su verdadero nombre, muchos simplemente escribían en el sobre *Stålfarfar* ¡y la oficina de correos sabía perfectamente a quién entregar las cartas! Algunas personas enviaban regalos caros a Gustaf, tales como mecedoras o colchones, para que se tomara un merecido descanso. Pero de todas las cosas que le llegaron por correo, Gustaf siempre sostuvo que su favorita era una carta que empezaba así: "¡Tengo su edad, querido Gustaf Håkansson, y antes de que usted apareciera en el mapa, yo era un viejo enfermizo. Su ejemplo me hizo sentir joven, sano y feliz otra vez. ¡Dios lo bendiga!"

El relato de la carrera de mil millas de Gustaf Håkansson continúa vivo en Suecia, donde *Stålfarfar* hasta la fecha disfruta del rango de héroe del folclore nacional. Los padres, al animar a sus hijos a comer bien, a hacer mucho ejercicio, a vivir una vida sana y a trabajar duro en cualquier tarea, les dicen: "*Vá som Stålfarfar*" o sea, "Sé como el Superabuelo". ¡En verdad, Gustaf vivió hasta los 102 años y continuó participando en carreras hasta los 85!

Escribí este cuento para difundir la historia de un hombre común y corriente que logró comportarse extraordinariamente. Pocos de los admiradores suecos de Håkansson hubieran deseado participar en una carrera de ciclistas de 1,000 millas, pero la mayoría —como las personas de cualquier parte del mundo— sí albergan alguna clase de sueños. El ciclista de la barba blanca alentó tales sueños, mostrando que, con suficiente empuje y persistencia, cualquiera puede lograrlos.

Y lo que es más, el Superabuelo destruyó un estereotipo. Él sufría cuando la gente consideraba incapaces a las personas de la tercera edad, al igual que les sucede a las minorías étnicas, a las personas con discapacidades, a las mujeres o a otros grupos cuando son víctimas de la discriminación.

Desdeñado por los jueces a causa de su edad, a Gustaf ni siquiera se le permitió el mero intento de participar. Sin embargo, al desafiar a los jueces, consiguió cambiar la manera de pensar de la gente. Gustaf, con su triunfo, obtuvo una victoria para todos nosotros.

D.M.S.